꿈에 보는 폭설

문형렬
시집

꿈에 보는 폭설

도서 출판 북인

河昌煥에게.
시인은 모든 것으로부터 배반당한다.
언젠가는 복수하리라고 맹세하지만 세월 앞에
어쩌랴, 모아놓고 보니 이것들이
내 꿈이고, 내 살갗이었는지,
울음이 터지려 한다.

사랑도 비애悲哀도 검게 타버리고
이제 나는 어디로 가나
악마를 향해 걸어가나.

1989년 겨울
문형렬

시인의 말

　시는 언제나 내 인생의 무기武器였다. 그리하여 스스로 지우는 무기無己가 되고, 기록함이 없는 빛과 바람의 무기無記가 되고 싶었다. 그러나 얼룩진 30년. 어떻게 하면 견딜 수 있는지 여쭙고 싶었던 선생님들-박두진, 조병화, 황순원, 전광용, 선우휘, 최정석 다 떠나셨다. 날 혼자 버려두고. 나는 그곳에 여전히 서 있는데.

　1990년 1월 나온 첫 시집에 오자와 탈자를 바로잡고 바뀐 맞춤법을 따랐다. 시 수록 순서를 조금 바꿨다. 복간 개정판을 마련해준 북인 조현석 시인에게 소리없이 고마움을 전한다.

2020년 1월
문형렬

차례

1부

꽃 폭풍 쏟아지는 벌판으로 오라

서시序詩

언젠들 약 안 먹고 살 수 있으랴
언젠들 꽃다히 흐를 수 있으랴
눈은 내리고 마음은 어두워
이마에 물 끓듯
살아온 날들이 죄스럽나니
빈 벌판, 가슴 내팽개쳐 뉘우쳤으나
짓밟아 홀로 소리쳤으나
오늘도 눈물 하나 뒤집지 못해
긴긴 노래 끊임없이 매달려 언젠들
태어난 곳으로 다시 갈 수 있으랴
임이여
불쌍히 여기소서
임이여 불쌍히 여기소서
언젠들 살아야 할 덧없는 목숨이
내일은 언제나 기다림에 매달려
언젠들,
언젠들……
한 점 흔적 없이 빛날 수 있으랴

이 세상은 가장 쓸쓸한 영혼

남국에 많이 눈이 옵니다.
나는 한 그루, 비애悲哀의 나무
팔을 허공에 매어달고
무슨 말씀이 저리도 많으신지……
터져 내리는 눈발을 고스란히 봅니다.

오래 깨달음은 슬프고
해 지는 곳에서 해 뜨는 곳까지
나는 이마의 등불을 깨뜨리며
그리운 임을 말없이 부릅니다.

짐승만도 못한 이 슬픔! 속으로
터져 흐르는 살갗,
소리소리 받쳐 들고
산 채로 파묻힐 때까지.

가는 봄날에

외로운 사람은 귀가 밝아져 가네
푸른 날 언덕에 가만히 엎드리면
세상은 크고 어둠은 깊어라
오늘도 당신은 아니 오시고
천지에는 휘날리는 그리움
아,
봄날은 하늘처럼 높아서 가슴마다 무너지네
나는 물을 따라 한없이 걸어가네
당신은 오늘도 아니 오시고
외로운 사람은 눈이 멀어져 가네

외로운 사람은 눈이 밝아져 가네
푸른 날 언덕에 말없이 엎드리면
어둠은 크고 세상은 깊어라
오늘도 당신은 아니 오시고
천지에는 울부짖는 그리움
아,
세월은 별처럼 떠올라 가슴마다 부서지네
나는 물을 따라 한없이 걸어가네
당신은 오늘도 아니 오시고
외로운 사람은 눈이 멀어져 가네

숨바꼭질

무궁화꽃이 피었습니다
장미꽃이 피었습니다
꽃이라고 부르는 꽃은 모두 피었습니다
무궁화꽃이 집니다
장미꽃이 집니다
꽃은 모두 지고 집니다
툭 떨어지는 혀처럼
툭 떨어지는 괴로움처럼
그러나 어디 지는 꽃잎이 있는가요?
꽃잎, 꽃잎마다 꼭꼭 숨어
눈뜨지 마십시오
그러나, 지는 꽃잎 속!
아무리 눈감아도 산발하고 말아
터지는 울음처럼 산발하고 말아……
눈 뜨고 보면 아찔한 사랑,
언제나 임은 모가지가 잘립니다.

긴긴 추악의 시詩

다 잊었습니다
언제나 나의 두 눈 가득한 당신
나의 사랑은 이 지상에 없고
나는 지상에서 살겠습니다.
부지런히……
추악하게……
다 잊었다고, 잊지 말라고
긴긴 면도날로 얼굴 그으며.

수반

침봉가로 키가 낮게 작약 서너 송이 붉게 꽂고
그 가운데 흰 백합을 솟아 꽂으면
비록 꽃잎은 말이 없으나
몇 날을 소리 죽여 떠들어댈 일이다.

꽃을 꽂고
물을 갈아주듯이······
침봉가로 앞뒤 가리는 절망을 꽂고
그 가운데 열아홉 살의 푸른 꿈을 꽂는다.

귀 울리는
은은한 목소리는 강물같이,
회오리지는 날들을 침봉 하나하나에 꽂으면
시간은 눈부신 꽃송이일까······
두 눈은 자꾸 비비는 신기루.

꽃이 시들어도
물을 갈아주듯이,
아직 내 몸뚱이는 침봉 한가운데 솟아 꽂혀 있는가?

손가락 끝마다 돋는 핏방울이
푸르게 푸르게 침봉에
매달린다.

빈 수반

이제는 침봉마다 욕심 많은 추억을 하나씩 꽂고
돌아서면
두 눈을 가리는 폭풍을 보게 될 거야
주춤거리는 발끝마다 타오르는 울음이
어느새 손끝에 쓰러져 있을 거야
쓰러져 잠들겠지, 두 손 철철 흐르듯
언제나 앞은 캄캄했지만 그런 날들은 차마 밝았어
더 들어설 수 없이
저마다 몸을 깎아 우뚝 선
어둠의 지혜……
뉘우침도, 사랑도 뒤로 물러서기만 했지
지척지척 손으로 눈앞 가려 걸어가면
부끄러움처럼 내리는 폭풍이
그래도 알지 못하는지,
끝끝내 자랑스레 따라와 늘어지는
추억마다 덮쳐,
무던히 애태워
이제 겨우 잠든 울음도 다시 굶주려 조용히 눈을 뜨고
수없이 두근거렸던 가슴은 끝내
날아가버린다

다시 찾을 길 없이
기다려라, 내 꼭 돌아온다는
하찮은 저주 한마디 없이.

그리운 4월에

너는 무덤 하나 남기지 않는데
이 신명나는 삶을 나는 감출 길 없어
가루만 남은 네 몸을 봄바다에 던진다
팔힘이 돋을수록 햇빛은 화안하고
별똥마저 파랗게 쏟아지누나
보아라 헤어지기에는 너무 어려운 날씨지만
사는 데 지나친 일이 어디 있겠느냐
헛되이 목청만 봄바다로 날아서 눈앞에 터져
흩날리는 것들이 죄다 꽃잎으로 흐드러짐은
아직 눈물이 무엇인지 모르는 우리들 나이 탓일까?
쪽빛 고운 봄바다에 웃음기 많은 네 마음이
어른거린다 어른거린다
잘가라 잘가라, 다시는 돌아오지 않게
스물하나 봄안개
서럽고 풋풋한 나이야
하늘나라에서도 싱싱하지 않으랴······
이 땅 어디에서도 네 꿈은 버릴 수 없어
주인 없는 봄바다로 너를
파묻듯 내다버리는 손끝은 얼음같이 벅차올라
부지런히 살겠다, 부지런히 살겠다

돌아서 지껄이는 이 끝없이 뻔뻔스런 말들이
네가 가는 하늘나라의 말로 할 수 있을까
네 몸 하나 마련할 땅은 없으나,
돌아서는 가슴으로 힘껏 매달리는
갯바위, 푸른 하늘, 부신 햇빛 속에
네 목소리는 쩡쩡 울리고 있으니
작별마저 부질없으리
이제는 죽음도 삶의 한 조각인가 보다

봄

유해상자를 받았다
상자를 열고 진달래 산, 진달래 흙,
큰소리로 나는
붉은 넋을 부르며 상자 속으로 걸어들어갔다.

상자 속을 자꾸 걸어가면
이 나라 금수강산 가슴마다 삼천리
제 몸 갈아 거머리떼 기쁨들이

금수강산 삼천리 가슴! 가슴! 불꽃
치는

나는 다시는
돌아오지 않는 봄.

언제나 갈 수 있는 곳

언제나 갈 수 있는 그곳
내 버림받았으나 사랑이 있는
내 울부짖었으나 맑은 눈물이 타오르는
그리운 비애로
기쁨이 떠나가는 곳
내 살아 있기 전에
내 사막의 혀를 버리기 전에
내 영혼 가득히 축복받았던
배반의 꿈들이
두 눈을 빼앗는 곳
내 벌거벗고 치욕을 쌓았던
순결한 파멸의 얼굴로
나 갈 수 있는
나 버릴 수 있는

신발

한번은 살아온 날들을 버리고
흐르는 물속에 가라앉아
흰 치마를 뒤집어쓰고
속속들이 부서지는 마음이야 만나게 되겠지.

부지런히 살다보면
발가락뼈에서 머리뼈까지
크고 허망한 사랑들은 알알이 빛나고
그 사랑들이 못내 깊어져 하늘을 지날 때
얼굴 가려 뛰어드는

마음 하나 만나
한번은 물살처럼 깨끗한 살점 한 잔 권하고
서로 말문을 닫겠지.

흰 치맛살마다
숨은 얼굴들 붉게 그리워……

물가에
흰 고무신,
홀로 남아 닳아질 때까지.

다시 겨울

너는 가고
뒤늦게 나는 짐을 꾸린다
손끝마다 굽이지는 하늘로
한바탕 다시 흰 눈은 내려
몸 굴려 나는
눈꽃보다 가벼운 그리움을 들고
물 흐르는 곳으로 걸어간다

그곳에서 차디찬 흙을 껴안고
얼어죽은 꿈들을 잡아먹으며
봄이 와도, 나는
마음 없이……
떠내려가는 얼음장
그리하여 나는 따스해지리

꿈에 보는 폭설暴雪

갑자기 코피가 옷섶을 적시고 우리는 눈 내리는 산을 오
른다
쓰러지고 꺾어지고 산을 오르며 이 달겨드는 눈발로도
몸을 파묻지 못하거니
어느 불꽃인들 몸을 말릴 수 있는가?
둘러보아도 산마루마다 번쩍이는 눈보라는
살아 있는 것들의 핏줄을 한 가닥씩 비우고
하룻밤의 평화를 위하여
자작나무 껍질 한 짐과 참나무 등걸을 지고 돌아와
젖은 나무에 불을 지피는 우리는
한 마리씩의 쓸쓸한 딱정벌레,
불꽃은 젖어서 손바닥 껍질을 한 겹씩 벗기고
어딘가 이 겨울밤을 타오르는 넋들이 그리워
젖어서 우리는 불꽃 속으로 떠난다.

눈이 내린다, 불꽃 속으로 창자를 긁어내는 오늘 밤의 눈
보라는
꿈꾸는 속눈썹에 방울방울 쉼 없이 솟아오른다
젖어라 나무들이여, 딱정벌레 몸뚱이여
천지사방天地四方 우리는 외로워서 온몸에 불꽃을 달고

그 불꽃 갈피 없이 눈보라 속으로 흩날리어,
어딘가, 그리운 넋들의 사랑은
젖은 어깨 가득히 적막寂寞의 불꽃은 갈기갈기 쓰러지고
아아 우리는 눈사람이 되어 숨죽이며
스물다섯 해 자란 등뼈를 깎는다
눈길을 간다, 천둥을 치면서
얼마나 많은 가뭄이 우리의 가슴을 적시는가
서로의 가슴에 벼락을 때리면서
눈 내리는 산에 불을 지른다
지치도록 눈보라는 온 산을 헤매고
한 삽의 그리움도 쳐내지 못한 채 우리는 퍼질러 앉아
다시 터져 흐르는 코피를 훔치면
목놓아 아른거리는 꽃잎의 불꽃,

보이나니, 눈보라 속에
저 퍼붓는 그리움 속에 서럽고 싱싱하게
산등성이마다 살아오르는 넋들의 불꽃이 보이나니,
더욱 기승을 부리는 눈보라의 살갗이여
말없어라, 말없어라
우리의 살갗은 아프지 않구나

우리의 두 눈, 우리의 두 귀, 우리의 어깨뼈,

말없는 스물다섯 살, 푸르디푸른 등뼈 조각조각이

이 밤 저리도 흐느끼는 눈발로 퍼붓나니,

산등성이마다 불을 켜는 넋들아

우리는 하나씩 도깨비불이 되어,

눈물 흘리는 도깨비가 되어,

꿈결에 지는 폭설暴雪의 화살, 목 메이는 불꽃으로 온 산
을 헤매다가

이제는 통곡의 산등성이에 이르러

꽃잎같이 타올라 넋이 되는구나.

입동立冬

　어머니를 묻고 돌아온 친구는 밤새도록 우리와 화투를
쳤다.
　차디찬 방바닥에 쪼그려 앉아 화투장이나
　힘껏 내려쳤다 이제
　물이 얼 거야,
　낮은 말소리로 내리는 무서리는 서로의 이마에 허옇게
피는데
　우리는 화투장에 가려서 몰랐다 이마가 뜨거워서 몰랐다
　그래서 흐흐흐 이따금씩 웃었다.

　왜 웃느냐고 묻지 않고 한 판을 쓸어가고,
　솜씨 좋게 패를 돌리다가 오줌이
　자꾸 마렵다고 방문을 나가서는
　한참 있다 돌아오는 친구의 눈에 마른
　황토黃土가 맺혀서 화투장 위로 슬슬 날렸다.

　우리는 다투어 광을 따갔다.
　부지런히 어깨 위로 손을 올려 내리쳤다.
　화투장은 아프지 않는 몸,
　끝나고 나면 모든 것은 가벼운가

빈 신장같이 슬픔은
가벼워라, 흩어진 화투장을 더욱 흩뜨리고
오줌을 누러 다시 다시 밖으로 나간 친구를 기다리다 삶
조각같이,
바삐 끌어모아 소리나게 간추리고 끝내는
땀에 찔리도록 광땅을 쪼으며
우리는 오늘 오후 1시에 보았던 하관下棺을 생각했다.
화투만 치면 쓰고 싶은
속임수로 하관下棺을 가릴 수 있으리라고 이리저리 화투
판을 바꾸어 가면서
빠른 손놀림으로 패를 갈랐다.

속임수로 가릴 것이 무어 있느냐고 아무도 탓하지 않듯이
광땅은 화투장에서야 잡아보는 것이라고 말하지 않듯이
그러나 우리의 위로는 화투를 치는 일이 아니다.

백동전을 두 개씩 던지고 패가 돌아가면
좌르르 흙이 쏟아지는 우리들 가슴에
시퍼렇게 화투장을 내려치면서 이제
땅이 언다고

슬픔은 잊을 때 가장 커진다고 스물일곱 살 맏아들인 친구여

왜 우리는 말하지 않는가?

살아서 가릴 일이 무어 있는지,

우리는 자꾸 손이 시려서 피멍이 맺히도록 광땅을 쪼은다.

그리움만 파묻고 돌아가는 세상……

더러는 속임수를 쓸 생각을 하면서.

눈물사위

하늘을 높이 던져라
슬픔마저 법도가 있느냐?
마음껏 소리 없는 사람살인데
한 손 뽑아 구름을 펼치나니
마음은 짤랑짤랑 홀로 사라지고
다른 손을 휘돌려 흙을 뿌리나니
맴돌며 솟구치는 우리 살갗이 아닌가
산을 밟고, 강을 버려
어깨 위로 늘어지는 황톳길마다
깔깔거리는 시간의 꽃아
재금발로 재금재금 재주부려 차던진다 아하
들끓는 사랑이로다 앞길이
지나온 길만 같으면
앞길이 지나온 길만 같으면 에헤
에헤 넘어가는가 흙을 넘어가는가
너는 모르겠네 에헤 에헤 물을 넘어가는가
네 몸 깊이 일군 소금밭으로,
모르겠네 모르겠네
녹아나는 기다림마저 넘어가는가
넘어라!

까짓 넘어가라 넜까지 넘어
탁 풀어 불질러 다시 맺지 않으리니.

꽃 폭풍 쏟아지는 벌판으로 오라

꽃 폭풍 쏟아지는 벌판으로 오라
기쁨은 기쁨의 구렁텅이로 빠뜨리고
슬픔은 슬픔의 구렁텅이로 휘날리며
은혜의 화살이 꽂히는 용서의 벌판으로, 천지에 맺힌 말씀들이
우리 손끝에 얼어 있으나,
오라, 끝없이 뒹구는 흐느낌투성이로,
가슴은 가슴끼리 비겁하다 비겁하다 채찍질하면서,
이 벌판 썩은 물방울에도 목숨이 자라고
버림받은 영혼마저 빛나고 있나니
저 미쳐 굽이치는 구렁텅이 속으로
살갗은 한 겹, 한 겹 벼락으로 오르고 꽃잎으로
날아서 우리의 앞길을 가린다
가린다, 누가 칼 쓰는 법을 아느냐?
우리 가슴은 조용히 도려내고
가슴 너머 앞길이 보이지 않으면 날아가자
햇빛 한 올, 올이 푸른 두 눈으로 되살아나고
복받치는 사랑이 되지 않느냐
뜨거운 이마를 하늘에 묻고
누가 우리에게 가슴을 만들었나?
우리는 벌판으로 날아가자 날아가자

날아가 가루 가루 꽃 벼락으로 빛나며 쓰러지며
어느 하늘 아래 못질소리 울리는가?
도! 려! 낸! 가! 슴! 은! 하! 늘! 로! 버! 리! 고!
어디 머나먼 그리운 앞날,
우리 헤매는 구렁텅이마다 보리라
못질소리 펄펄 울리며 터져오르는 꽃 폭풍을 보리라
아아, 어디 있는가, 그러나 어디 있는가
형제여, 꽃 폭풍 쏟아지는 벌판으로 오라
꽃 폭풍 쏟아지는 벌판으로 오라.

봄꿈

살점이 떨어져 나가듯
흰 목련 꽃잎이
지다.

저 드넓은 꽃잎에 누워
나는 가슴의 칼
버리고……

흰
나비가 되어
푸른 하늘을 휘날리는데

— 다시는 돌아오지 않을 테야!

꽃잎 홀로
꿈의 마을로 달아나버린다.

지상의 모든 것

낮을 씻으니 물이 차다
내 아무런 잘못이 없다 해도
눈 내리는 사랑이여
마음은 지쳐 보이지 않는다

나의 있음, 어둠의 있음
산과 들, 영혼의 있음

저 몰락하는 울음들이 마주 서서
부르고 부르는,

피눈이 온다, 사랑이여
너의 가슴을 치는 이 지상에 서서.

가고 가는 봄날에

밤 늦게 불을 켜놓지 않아도
밝은 시절은 오겠습니까

행복하게 살고 싶습니다
검은 몸을 굴립니다 덧없이
톱니바퀴 계절은 가고 갑니다
가슴은 편안히 지워집니다

조금씩 앞산을 보며
늘어지는 산길을 덮는
무성한 중오의 기다림들은 푸릅다
뒷강 건너 황톳길, 어지러운
핏줄을 돌아
희망은 하얗게 걸어옵디다

머리 속에서 메마르게 엉깁디다
말없이 뒹굽디다

꽃보다도 밝은 봄날
나는 말 못하는 이 지상의 약속입니까?

앞산은 와르르
붉게 내려, 복받쳐 올라
꽃사태 맺히고……

날마다 헤아려온 해방의 아픔은
시간 밖에 서서
톱밥보다 가벼운 내 몸을 봅니다

꽃잎 필 때

어디 세상 끝인가?
그 끝까지 길게 다리 뻗고 누우라

어느 날, 저 산이
큰물져 떠내려와
하롱하롱 속눈썹에 매달리지 않으랴

우리 떠내려가자
저 산 달고 먼 하늘 굴리며
가슴 뒤척이면 만 리 밖에 불 지르는 소리 들린다

슬픔은 기쁨보다 어려우랴
아니랴, 우리는 저마다 증오의 목자
터져 오르는 숨을 끊으면
마음도 시간도 이제는 네 것도 내 것도 아니다
떠내려가자 온몸 짓뿌리며, 목이 마르게
화살같이, 무덤 속에 져다부린 하늘마다 사무치는
짓밟히고 짓밟은 넋마저 빼앗기고 빼앗은 꿈마저
저 산으로 남김없이 휩쓸어
쿵 쿵 쿵 쿵 자지러지며

두 다리 쭉 뻗고
물방울로 맺혀 큰 기쁨으로, 하롱하롱
속눈썹에 매달리는
저 산이 발등에 고요히 내려설 때
솟아오르는 한 송이 벼락으로.

삽질

흙을 파니
살점이 묻어나온다.

청산靑山이 그리워라
핏줄마다 맑은 물 흐르고
그 물 따라, 이마 깨뜨려 푸른 길 찾아
몸 갈아엎어

기약 없이 건너뛰어
그리운 임이 파놓은!

저 구덩이 속으로.

2부

그리운 앞날

첫눈

만 원짜리 종이돈 다섯 장을 가지런히 펼쳐놓고
야간여상 2학년 막냇누이는 손뼉을
칠 듯 말했다.
"털실을 사고 싶어요!"

그날, 첫눈이 내렸을까?
방바닥에 떨고 있는
11월 한 달치 누이의 노동만큼

첫눈은 내려서
어머니의 수심愁心을 힘껏 가리고
털실을 사 안고 돌아오는 누이의 발뒤꿈치 밑에서
꽃잎 하나쯤 감추고 있었을까?

가을옷

몇 해를 잊어버렸던
쥐색 외투를 찾기 위해
옷장을 연다.

빈 몸으로 걸려 있을
지난 일들이
죽은 아버지의 검정 외투에서
누이의 빨강 반외투까지……

사람은 가도
무슨 까닭으로
그리움은 늙고 병들지 않는가?

주머니에서 기어나오는
몇몇…… 좀벌레

등이 아프다.

편지 1

"76년 3월 26일.
노동은 신성한 것이라지만
돌을 져나르는 네 모습을 숨어서 보았다
가파른 몸에
정신은 타는 숯과 같겠구나."

1000원씩 날품을 팔아 먹이를 쪼으던
시간의 사슬 속

산에는 늦게까지 싸락눈이 내렸다.
나는 돌을 등에 지고
산수유 꽃이 제풀에 지도록
노랗게 떨었다.

이제는 그때보다 열 배쯤 오른 품삯처럼
굽은 눈빛만 다스리는
이 저자판
돌도, 싸락눈도, 그 어지럽던 산수유 꽃마저 자취 없는데

나는 무엇을 등에 지고 끊임없이
떨고 있는 것일까.

편지 2

비가 오더니
네 이름이 흐려진 편지를 받았다
빨래를 하고
비누거품이 묻은 손으로
3월 하순, 이마에 맺히는 식은땀을 지우며
어이없이 쏟아지는 눈발을 본다

젊은 날은 고향이 없다는 너는 객지 3년 애태우고
나는 지방 사립대학교 기숙사 3년, 애 감추는
지우개 같은 나날 앞에

봄눈이라……
아무래도 스물아홉이란 목이 아픈 나인가 보다

아름다웠겠지
북망北邙처럼 아름답겠지, 너무 잘 살기 위하여
우리가 버리고 버린 맨발들이
오늘은 글쎄, 저렇게 흰 눈으로 비치는지
나는 그 속에 어지러운 성욕과 서글픈 희망을 넣어두니
핏줄은 소리소리 흐르는구나

아무래도 쌓이지는 않을 거다
다만 저 어린 눈의 곧은 등뼈만 남아서
우리가 가진 누런 살갗은 붉은 흙으로 꿈틀거리겠지,
너는 내 이름의 흐린 편지를 들고
봄날, 시린 손을 들여다보며

편지 3

뜻을 굽히지 말고 나아가라, 나아가라
함성처럼,

척박한 몸짓 뒤에
온다, 너는 어깨 가득
아릿아릿한 희망을 달고

빛나던 사랑의 길 위에
꽃잎 같은 네 몸이 짐져온
사유思惟……
그 통곡의 눈.

편지 4

갈수록 축하하기도 어렵다는
네 근황近況
흐르는 살갗.

으스러지듯 우뚝 서 있는
네 모습, 잘 보인다, 안녕.

잘 살아라, 잘 살아라
누가 누구에게 말하는지
하루 세 끼, 거미줄처럼 흘려 넣으면

그래도 해는 가슴에서 떠서 가슴으로
지고……
나는 그냥 걸어간다.

편지 5

벽을 바라본다.
겨울 가고, 봄 가고
죽음처럼 쓸쓸한 아침.

얼마나 욕을 하고
또, 몸을 깎아
식은땀의 세상을 안을 수 있나.

슬픔은 내일도 하루 해처럼 저물고
우리는 깊은 상처 속에
우리는 먼 희망 속에.

편지 6

요즘은 자꾸 아프다.
뜻이야 이루지 못할지언정,
몸이 성해야
뼈도 값이 나갈 텐데

저 헐벗은 가족들에게
어머니, 꿈에도 그리던
교사 월급 30만 원어치쯤
고독한 피로를 안고 오는
폐렴.

그 뒤를 따라, 줄지어
가루 가루 메아리지는 빈 핏줄의 팔다리,
벌레처럼 움츠린 인과因果의 길에서
손톱이 빠지도록 솟구쳐, 나는 지상의 별인가

버릴 길 없어 얼굴을 돌리는데
어느 우주에서 흐느끼는 목소리 들리면
가슴은 또 쓰리도록 뛰고 마는구나.

오늘은 1986년 1월 8일
이번에는 드높게 살고 싶은
새해 들어 가래피가 쉼 없이 나온다.

첫사랑처럼 목메어 기다리던
겨울방학이 왔는데……
잘 있어야 한다고 외쳐보자.

한갓, 돈으로 구할 길 있는
이 소중하고 더러운 슬픔에게.

편지 7

결근하고 싶다.
아니냐?
꿈처럼 손을 놓고
나는 개연처럼 푸른 하늘을 곤두박질친다.

걱정 말자, 서른세 살
아무것도 아닌 해와 달과
배고픔이 아니더냐.

편지 8

사춘기의 꿈처럼
대낮, 눈보라치는 산곡山谷
타는 등불처럼

나는 나를 개새끼라고
하자.

편지 9

병의 병도 없는
죽음의 죽음도 없는
기쁨도 희망도 슬픔도 없는, 없는
저 적멸…… 청산으로 가자

오욕의 삶도 썩으면 푸르리라
아하! 푸르지 않으리라
임은 날 푸르지 않으리라

황야
— 편지 10

어우야, 어우야
뭐하니?
밥 먹는다.
뭘 먹니?
개구리.
살았니? 죽었니?

나는 살았을까? 죽었을까?
20년도 더 지난 소꿉동무들 목소리가
와락와락 들려오는데,
얼굴도 없이
나는 앞으로 앞으로 달려간다.

편지 11

막냇누이는 밤새도록 울었습니다
나는 놀라 잠 깨어 달랬습니다
그냥 울었습니다
오빠가 죽었다고
나는 까닭을 몰랐습니다
오빠는 뿌리치고 산으로 뛰쳐 올라가
싯누런 구렁이가 되어 불붙었다고……
막냇누이는 어머니 손을 잡고
오빠는 한恨이 많아 구렁이 되어 죽었다고
꿈속에서 울었습니다
울다, 울다 꿈속을 달려나온 막냇누이는
겨우 잠든 내 얼굴을 보며 울었습니다
내 이렇게 살아 있다고, 울지 말라고 해도
오빠는 구렁이가 되어 시꺼멓게 타죽었다고
막무가내 울었습니다

아, 정말 막냇누이의 꿈처럼
나, 그렇게 죽을 수 있다면!

영광의 졸업식

아름다운 2월은 날짜 수도 적고, 괴로움도 적을 것이다.
— 임마누엘 칸트

졸업식장에는 비가 내렸다.
비에 젖어 흐늘대는 문과대학 팻말처럼
나는 단상에 세 번 올라섰다. 머나먼 그 길.
비는 진흙처럼 뛰어내리고 나는 단숨에 뛰어올라갔다.
졸업장을 받고
금메달 3냥 종이 같은 수석 졸업, 1돈 반짜리 금반지
학예상.
도대체 이게 무슨 짓이야, 중얼거리듯
피곤하게 웃어보면 다시
비는 말없음표처럼,
속절없이
…… 대학 4년 줄곧
……… 시험 답안지 위에
………… 밥 숟갈 위에
…………… 원고지 한 칸, 한 칸마다
그칠 줄을 몰랐다. 갈수록 사정없이,
2월 22일, 오늘은 드디어 빗금처럼

쓸모 없는 교사자격증처럼.
이 용감하고 어리석은 아들아, 그만 취직이나 했으면
오죽 좋으냐,
흐릿흐릿 웃으시는 어머니의 소망처럼.

모두들 사진을 찍고 날짜 끝으로 돌아돌아 가는데,
그렇지만 괴로움도 적으리라고,
빗물 소리치는 의자에 앉아
나는 언제나 끄덕없이 아름다운 2월,
철없는 칸트.

수업

종이 울리고
분필가루를 확 뒤집어쓴
다시 푸른 나의 영혼은
지상으로 추락합니다.

나는 밥입니다.
이마를 숙인,
나는 검은 밥입니다.

손톱 위에 저승길

이렇게 하면 저승길이 밝다고
긴긴 해를 타박타박 넘어와

어지러운 별처럼 떠오르시며
하나하나 짓이긴 봉선화 꽃잎을

두 손, 말없는
엄지손톱에 가리고는

식은 손발 묶듯
속 편하게 붙들어 매라고,

봉선화 푸른 잎
시퍼런 두 손톱 내미시다 어머니

흰 실이 붉도록 동여매라고
자지러지게 밝아서 앞이 문드러지도록

손톱 위에 기다리는 당신의 저승길
그곳에서는 한恨마저 밝아지나

날아라, 담요

쉬고 싶어요, 어머니
한 발짝도 더 딛지 않겠어요
너무 아파요.

깃발처럼
고함을 질렀다.

새벽부터 해가 스러질 때까지
메아리조차 없고
아무도 대답하지 않았다.

담요 한 장 깔고
응급 침대에 누워 이리저리 특수 촬영실로 끌려다니면
사람들은 눈 속으로 자꾸 걸어들어오고
정말 고요히 허리를 가르는 시간의 톱,
마침내는 수면제처럼 어둠이 오고
눈을 감았다.

나는 한 장의 넓고 넓은 담요,
하얗게 타는 몸은 소금 방울,

먹고 입고 자고 다시, 위험을 저지르기 위해
잇달아 진통제를 맞았다
결국은 아무것도 깨닫지 못하고
아무것도 사라지게 할 수 없었다.
그러나

자, 날아라, 담요!
날아라, 담요!

춘한春恨

오직 따지지 말자

어느 마을에 봄이 왔는지,

물소리 몇 겹으로 들리고

어머니 외홀로 흐르며 봄을 맞아

돌아오시는 길 꽃향기 소매마다 매달려

흔들리듯, 또 그렇게 봄은 갈 것이니

한번 간 날은 물소리만 다시 굴러오는지,

어머니 여전히 땀방울 맺혀

이 봄도 또 부질없을손가 중얼중얼

외치시는 마음 헤아릴 수 없으니

다 큰 자식 등에 업듯

대자대비大慈大悲

수천 번 빌고 빌어, 우수수 내리는 꽃 석류처럼

말갛게 벗겨진 어머니 무릎 위로, 이 무슨 불효랴

어린 추억도 벌떡 일어나 얼굴 붉히니

긴 숨소리는 낱낱이 깊어 있어,

무슨 일로 사람의 한恨이 맺히고 풀리는지

차라리 그 길이 눈부신다 아서라, 말어라!

말 말아야지······

한낱 머리끝이 어린 나무에도 닿지 않음 아니겠는가

아하, 물은 산 밖으로 흘러 봄을 알리는데
어머니는 시름없이 자꾸만 산속으로 들어서시는구나
저 한가운데 서서 말리리라

지는 꽃잎 손으로 받쳐 어머니 등에 업고
울먹울먹……

늦가을, 이제, 강의실에서

늦가을의 대학은 안개였지. 대학 건물은 질 좋은 안개를 품어내었어. 아침 9시. 첫 시간, 역사학 강의를 듣기 위해 종종걸음을 치며 안개 속에 떠 있는 학생들이 공대 쪽으로, 도서관으로, 사범대학으로 갈라지는 것을 보았어. 문과대는 아직 보이지 않았고 강의가 있는 인문관의 붉은 벽돌이 멀리서 이마에 부딪치고 있었지.

22층의교수연구실이우리의발길을이끌지않고한잎씩떨쳐내는은행나무가늦가을을말하지못했어역사가는오늘의역사를말하지않습니다강의실의교수는쓸쓸히웃고우리는안개속으로달리고있었어마른버짐같은해가우리의글썽이는이마에자꾸돋았지마른버짐같은해가우리고통의이마에.

언제나분필가루와빈책상과침묵끝의강의실안으로낮은웃음소리가일어나고창문가로안개는몰려와늦가을의모든용기처럼우리는등허리를후벼파는식은땀을조용히참아내었지참아라참아라우리는하나씩의용기진실로용기있는젊은이들이야.

우리는 어디서나 달리고 있었지(굴욕과 집착과 마음의

70

평화를 위해 세속의 모든 명예를 위해) 안개는 모든 것을 조금씩만 가리고 우리는 산다는 것이 시험 답안지를 쓰는 일임을 조금씩만 깨달으며 시험 답안지 위로 달리고 있었어. 안개는 어디서나 우리 살갗으로 몰려와, 쓰러져라, 쓰러져라, 한 개의 답으로 쓰러져라 속살거리고, 어쩌면 우리는 벼락을 받아야 할지 몰라.

11월이 오면

오늘 밤은 서리가 오려나.
경북 경산군 하양읍
사과시장에서 떼온 사과상자를 끌어안듯 때묻은
속옷을 숨기며 71번 밤버스에서
내일 길거리에 내다팔 사과금을 걱정하는 아낙들의
손끝에 어둠은 세차게 부서져

눈을 감으면
시집 간 누나가 감추는 인정같이
참 어렵게도 눈부신 가을 햇빛은 어디로
달아났는지, 야간 교직과목을 끝으로 2학기 중간시험을
마치고 한 시간이나 늦게 친구를 만나러 가며 나는

한 시간이고 두 시간이고 다만 기다리면 취한다는
학교를 쫓겨난 실업자 내 친구는
우리가 아는 것들이 소주 한 잔에
가려진다며, 술잔을 쏟고 어린애같이 징징 울고
월부 수금원 내 친구는 오늘 수금한 돈으로 술값을 가늠
하는데
부지런히 학점을 따 장학금 받을 궁리나 하는

나는 자꾸 편도선이 터져서, 사는 데
사는 데 어디 방법이 있는지
한 잔씩 한 잔씩 토하듯 소주를 들이키면
아 살얼음 냄새.

그러나 허리를 꼿꼿이 펴고, 언뜻언뜻 스치는 진리의
빛, 우리들 기쁜 가을날인데
오늘 밤은 엎드려 잠들지 말고
손가락마다 적막한 불을 붙여
어디 평화로운 곳, 기어코 거기 가서 부서진다고
다짐 다짐하지만
도깨비 같은 술뿔은 돋아오르고
외국 나간 놈이며, 판사가 된 놈이며,
신학교로 간 뒤 소식 한 조각
없는 놈이며, 우리들
보잘것없이 소중한 안부를 한 잔씩 풀다 끝내는
잊은 척 슬슬 감추었던,
깃발같이 웃음소리 드높던 자살한 놈을 떠올리면 흐흐
흐……
코피가 터진다 물어보자

그대, 거짓말같이 죽어 천국도 없이
하찮은 넋의 나라에서도 코피가 터지나?

다가올 우리의 안부처럼 서로의 어깨를 치고
뿔뿔이 돌아서면
다짐하고 다짐한 나는 스산한
잠이 된다……
정말 오늘 밤은 서리가 오려나.

가을날

가을날은 목이 말랐다.
목마른 날은 당구장에 갔다.
흰 공과 붉은 공이 부딪칠 때마다
목안으로 침엽수가 한 그루씩 쓰러졌다.
대학 4년, 한때뿐인 진실을 중얼거리고 외치고
구미로 서울로 울산으로 떠난
취직한 친구들이 생각나면 창밖으로
지난 여름 막막한 태풍이 내렸다, 가을날은
비릿한 흙냄새가 났다.
큣대를 겨누면 코스모스는 소문 없이 지고
흰 공과 붉은 공이 부딪칠 때마다
굵고 굵은 밤이슬이
쿵쿵쿵 쓰러지는 침엽수들이
그리워라, 푸르게 손등을 찧는 것을
나는 가만히 참아내었다.
이번 한 판은 이기리라고
차디차게 고인 침을 삼키며, 내 젊은 날들은
친구들 얼굴은 흰 공으로 구르고
붉은 공으로 구르고.

술잔 속의 집

술을 마시면 창자가 당긴다.
수술을 해야지.
창자를 끊어내야지.
그리움을 없애버려야지.

끊어지는 아픔을 따라가면
등불이 꺼진 집이 보인다.
문을 열고,
비로소 살아서 날뛰는 눈물.

어디 있느냐?
돌아갈 몸을 눕히는 집 한 채,
캄캄한 그리움!
술잔
속으로 떠내려간다.

감꽃 목걸이
— 1967년 6월

그해 여름, 감꽃 지던 날 밤
푸른 군복을 입은 큰형님이
왔다

갔다
술 많이 먹지 말아라
그날도 술독에 빠졌던 아버지가
맑은 목소리로 말했다

그날,
무섭게 지던 감꽃과 별똥과……
머나먼 새벽, 아버지는
노란 감꽃 목걸이를 내 목에 걸어주었다

그 감꽃 목걸이
지금도 내 목에 걸려 있다.

다시 봄이 오면

아홉수가 나쁘다고
음력 설이 자나기 전에 친구들은 서둘러 장가를 가고
기다리지 않아도 다시 봄은
스물여덟 고개를 지나 스물아홉 고개로 넘어간다
아홉수가 제아무리 나쁜들 신경쓸 것 있나?
원래 나빴는지 좋았는지 알 수 없으나
무엇이 어떤지 알더라도 아무 쓸모없으리
성냥개비 시간이나 잘게 부러뜨리며
집 한 채 가지리라는 소망이나 착한 자식을 달고 싶은
욕심은 나무랄 수 없는 일
쥐눈처럼 화려하고 망설이는 다시 봄이 오면
주머니 털어 신경안정 주사를 땅땅 맞고
그 약기운이 사라지듯 꼼짝없이
입술이 벗겨지는
기다리지 않아도 다시 봄이 오면
사랑해요, 사랑해요
꽃은 필 것이고 시간은 맺힐 것이니
도대체 풀 줄 모르는 오래된 슬픔은 속절없이 간추려
빛나는 혈관주사처럼
기억상자 속에 좀약같이 넣어두고

시간의 핀을 꽂아 청산 치는 나비 모양으로 만들어야지
네 놈들이 어느 날 되살아나 등뼈에는
눈부신 칼을 꽂아 달고
문득 꽃잎 위로 잘못된 희망처럼 날아오르더라도
나는 이를 갈고 살아볼 거야
푸르게 몸부림 지는 가슴을 던지며
기다리고 기다리는 머나먼
봄이 오면

계층론 수업

봄 한철 주사를 맞았다
병원 문을 나서면 푸른 핏줄을 찌르는
쓸쓸한 바늘같이
개나리꽃은 피었다 지고
하루는 3000원 어치, 다음날은 7000원어치씩
머리가 어지럽고 마른땀이 솟는 주사를 맞으며
봄 한철 다리를 절룩거렸다 그럴수록
빠르게 강의실을 빠져나와 봄은 와도 입술 시퍼런
백일홍나무 아래
누워 침을 삼키듯 젊은 시간강사가 세 시간 동안 가르쳤던
계층론 강의를 다시 떠올렸다
무엇을 얻기 바라는가, 무엇이 불평등한가, 왜 잘 살고
못 사는가…… 아아
하늘은 파랗게 빛나고 두 눈 가득히 젖은 잠이
굴러다녔다 약기운이
떨어지면 자지러지는 귓조각 속으로
주사를 맞고 나면 잠이 쏟아진다고, 신경성 근육통은 깊
은 잠이
고쳐준다고 의사는 말하지만
병원 문을 나서는 어느 날, 주머니에 남은 우표 한 장을

들면 어디로

이 한 몸 붙여 보낼까, 배가 고팠다 핏줄이 돋아라고

손바닥을 폈다 오무리고 다리를 절룩이는 이 봄의

이 봄의 짧은 의식儀式은 입을 다물 듯

무엇이 불평등한지 알기도 전에 계층론 수업은 끝나고

핑 도는 눈물이 더러웠다

전공 원서를 팔아버리리라고 몇 번이나 쥐었다 놓는

바빠서 슬퍼할 겨를이 없는 오른손,

이 봄은 그 팔뚝에 주사바늘 자국을 남기고

바보 같네 바보 같네

저기 저 하늘, 바늘처럼 햇빛은 살갗마다 고와서

가루약 같은 바람이 부는 강의실을 빠져나와

봄은 가도 언제나 입술 시퍼런 백일홍나무 아래 누웠다

누워서

영영 일어나기 싫었다

그러나 일어나 이제는 절지 않고 어디론가 걸어갔으나

파닥이는 맥을 부여잡고 오래오래 누워 있었다

이제는 절지 않고 어디론가 걸어갔으나

걸어가고 있으나

그리운 앞날

대학원을 가기로 했다.

인간학도 하고 현상학도 하고

실패하는 삶이 어떤 것인지 부지런히 걸어가보기로 했다.

서울은 비싸고 우리 과는 아직 대학원이 없으니, 학과장
오명근 선생 말씀처럼

철학과로 옮겨 추억처럼 젖으며 기약 없는 지식이 이놈
의 사회에

무슨 짓을 하는지 반은 포기하고 나머지 반으로 남 결혼
식에 가서 박수를 치고

밥 한 술 먹고 스러져 잠들고 술 두 잔……

자식새끼 덧없다는 소리 귀로 새겨들으며 지식이 도대체
무엇을

폭로할 수 있는지, 어머니는

대학만 졸업하면 한 달에 30만 원쯤 정말, 때돈인지 떼돈
인지

사람들은 아이를 낳고 이름을 짓고

나는 장편소설 이름을 짓고 유산을 하고 학교 구석에서

이제 사람은 성자聖子를 낳을 수 없는지,

고상한 생각처럼 푼돈을 위해 번역이라도 하게 되면

스물한두 살 돌을 지고 나무를 베던 산판을 그리워할까.

앞날은 한 뼘마저 알아도 쓸데없이
세월은 우당탕탕 굴러가고 손가락을 물어뜯고
그까짓 30만 원 우습지요 어머니, 나는 도깨비 방망이처럼
팔을 흔드는 물방개 등껍질, 소금쟁이 긴 다리로 뱅뱅 맴
돌며
내 멱살 내가 잡고 물방울로 몸 깎아 길길길
활개치고 글썽이고 다시 뱅뱅뱅뱅
사람들 가슴이 모조리 터지고 구만리 장천 넋들마저 되
돌아와 살 풀어
쑥대밭 세상,
퍼질러 땅을 치는 소설 하나 만들어야지, 넉넉잡아
어머니 한 3년만 용서하세요, 내 가슴 먼저 터뜨리며 3년
인지 4년인지 5년인지
30년인지 나는 내 현실을 구성하기 위하여
철학과 대학원을 가기로 했다 어찌
사람의 현실이 이 저자판에 얽혀든 현실인지 한 조각은
평정하게 볼 수 있을까, 부질없고
하염없이 그리운 앞날,
번쩍 쓰라리면 신나게 아롱지는구나
아무런 예언 없이 사랑 하나 없이.

편지 14
— 최정석崔井石 선생님께

— 제가 구성龜城 와서 명년이면 십 년이옵니다. 십 년도 이럭저럭 짧은 세월이 아닌 모양이옵니다. 산촌山村 와서 십 년 있는 동안 산천은 별로 변함이 없어 보여도 인사人事는 아주 글러진 듯하옵니다. 세기는 저를 버리고 혼자 앞서서 달아간 것 같사옵니다. 독서도 아니하고 습작도 아니하고 사업도 아니하고 그저 다시 잡기 힘드는 돈만 좀 놓아 보낸 모양이옵니다. 인제는 또 돈이 없으니 무엇을 하여야 좋겠느냐 하옵니다.

다시 파리목숨 같은 밤,
식민지 시대를 걸었던 소월의 패敗를 밤새 따라가니
저것이 소월의 그림자인지, 제 그림자인지,
잡을 수 없는 돈벌 궁리만
무참하게 매달리옵니다.

— 지사志士는 비추悲秋라고 저는 지사야 되겠사옵니까마는 근일 몇 며칠 부는 바람에 베옷을 벗어놓고 무명것들 입고 마른 풀대 욱스러진 들가에 섰을 때에, 마음이 어쩐지 먼먼 거치른 마음이 먼멀은 어느 시절 옛 나라에 살틀하다 지금은 너무도 소원하여진 그 나라에 있는 것같이

…… 좀 서러워지옵니다.
속절없는 가을밤, 하얀 뼈처럼 앉아서
난데없이 속울음이 터지니
다시 인생을 시작할 길은 없고
소월처럼 심독心毒함도 강직剛直함도 없으니
버리지도 못해
입 속에 모래를 가득 물고
안부 드리옵니다.

3부

나의 노래

나의 노래

하얀 도화지에
빨간 지붕을 그리고
그 위에 올라
파란 크레용을 칠하면

나는 두 눈을 감고
하늘에 팔을 베고 누워
내 노래를 불러보고 싶어라

부르고 싶어라,
불러보고 싶어라,

저 사랑 멀리,
저 가슴 깊이,

일기

새벽, 산을 올랐다.
얼음장을 꺼서 물을 마시고
그래도 흐르는 것들에 손을 적시니

게 섰거라!
이놈! 행복……

아아,
목에서 피가, 분수처럼

부서진다.

눈물이 나면은

눈물이 나면은
우리 모두, 눈물을 날리자
속눈썹 끝마다 눈물을 날리자

핑그르르
휘도는 눈물빛 사이로
팔랑팔랑
하아얗게 날아오르는 나비, 나비떼들……

나비떼 속으로
우리들 얼굴이 사라지고
사라진 우리들 얼굴마다
무지개가 둥그렇게 떴을 때,

그때, 우리 모두
속눈썹 끝마다 별을 휘날리며
깃발처럼 휘날리면서
나비떼 속을 휘지르는

한 줄기 햇빛으로 서자
하얗게 빛나는 햇빛으로 서자.

한 방울의 모든 것

내가 한 방울의 위로를 구했을 때
당신들의 귀 들리지 않았고
내가 한 방울의 눈물을 보였을 때
당신들의 두 눈은 없었다

내가 가진 것은 한 방울의
칼

이제 용서를 빌겠다
내가 한 방울의 위로를 구했음을,
내가 한 방울의 눈물을 보였음을,
한 방울의 칼마저 가졌음을

한 방울의 위로,
한 방울의 눈물,
한 방울의 칼, 그 모든 것으로

하찮은 삶 하나 데울 수 없고
가여운 넋 하나 잠재울 수 없으니

사각형

슬픔은 사각형
아파트 창문을 보면 알아.

늘 잃어버릴 것 같은 열쇠처럼
불 꺼진 방으로 들어와
더듬거려 가슴을 켜고……
벽에 기대어, 나의 사각형을 중얼중얼 본다.

사각의 방, 사각의 불빛
사각의 책상,

독사 같은 기쁨도 희망도 헤아려보면 저 머나먼
죽음까지 사각형.

볼수록 몸은 흐려지고
아아, 나는 글렀어, 나는 틀렸어
그것도 꿈처럼, 소리쳐 달아난다.

언제나 나는 허리 접고 벽에 기대어
증오처럼.

근심을 보며

스물아홉 살은 그래도 좋았지.
하루 세 끼, 어두운 밥그릇 앞에서
마음만 편하였으니
찾아오는 눈물만으로도 배불렀으니.

어쩌랴,
내 아예 서른에 올라
보니 두 손에 빚만 가득하도다.

돈을 벌고
손에 먹이를 들면
머리에 쇠똥은 절로 벗겨지는
적막강산寂寞江山.

이미 뜻을 세워 우뚝 설 나이에
이것이었느뇨?

돌아가리, 물방울로

집으로 돌아간다
나는 저녁 햇빛과 같으니

맑은 창자, 그 무게로
푸르게 굽이치며

문득 다리가 없어지고
(그러면어디로달아날수없겠지)
두 눈이 없어지고
(보이지않는꿈만가득할거야)

없어져서
오늘 나는 돌아간다

집으로
물방울로

가을옷, 서른 살

옷장을 닫고 돌아서면
어디든가,
두 손에 좀약 같은 시간만 남아
소리소리 흘러가는 곳

자꾸 돌아선다
돌아선다
앞이 보이지 않을 때까지

옛날에는 금잔디

어릴 때는 괴롭지 않았다.
해질녁, 감나무 가지에 올라
마을 밖으로 달아나는 해처럼 그때는
까닭 없이 기다렸다.

어릴 때는 몰랐다.
어찌 기다려야 하는지.
시간이 가슴을 밟고 지나가도 아픈 줄을 몰랐다.
그때는 정말 왜, 오지 않는가도. 왜, 기다리는가도.
묻지 않았다.

그러나 이제 그때의 감나무 가지보다 더욱 높은
서른 살에 올라
나는 물었다.
왜, 기다리는지. 왜, 오지 않는지.
그리고 혼자 말했다. 메아리처럼,
다시는 내려올 수 없는 희망의 가지에 서서.

아무도 오지 않는다.
나는 아무도 기다리지 않는다.

집
― 박균우전朴均雨傳

먼 산에
집 한 채 있어
어느 눈먼 인생 기다리고 있나?

기다리면 보이는
몸 깎는 괴로움,
뒹굴어 홀로 불사르고

어두운 먼 산
무명無明의 집 한 채.

목을 놓아
흘러가나니⋯⋯

저 산에 아무렴,
저 집에는 아무렴,
따라 흘러 찾아가면

제 명에 지친 목숨이야
아직 따스한 등불 들고 길마중처럼
소리소리 맺힌 눈물 말려주리야.

자진가 自盡歌

보릿고개는 가도
봄 깊어 지치니
멀고 먼 마음고개는 더디기만 하구나

긴긴 해 따라가니
녹아나는 것이 눈물뿐이랴

에라! 좋아라……
제멋에는 휘몰이, 못이기면 자진몰이
노래 한 자락 붉게 안고
이 나라 황토黃土 고갯길로 누울까

누워서 누워서
속 터져 맺혀 강산江山 흘러
굽이굽이 외오치는 구렁이 될까

아버지, 나를 유혹에 빠지게 하시고

달리는 꿈을 꿉니다.
불길을 지나 어둠을 넘어
슬픔 하나 아니 달고 숨겨둔 칼도 없이
발바닥에 부지런히 이마를 부딪치며
달립니다, 별똥보다 눈부시게 달립니다,
햇빛보다 빠르게 아무도 기다리지 않는 곳으로
앞날은, 소용없어요, 달리는 꿈을 꿉니다.
불길을 지나 불길 속으로, 어둠을 넘어 어둠 속으로
갈기갈기 흩어져 나는 달립니다.
머나먼 하늘을 발로 차던지며
절망으로, 악령으로, 푸른 꿈으로, 재의 수요일로
목을 매달아
쉬어야지…… 아버지, 나를 멈추게, 제발, 하세요,
달리는 꿈을 꿉니다(애야, 그만 달리렴)
달립니다 아버지(애야, 그만 쓰러지렴)
당신의 손이 닿지 못하고 그리운 목청이 들리지 않는 곳으로.

기억이 정확하다면 당신은

무엇인가를 하리라고
지는 꽃잎을 위해, 그러나
아무 일도 하지 않았다 흐르는
기억이 정확하다면
곤충채집 상자 속에서 꿈꾸는 장수
하늘소처럼
등에 핀을 꽂고 언제나 나는 모습으로
땅에 엎드려,
속절없이 몸을 바치고 싶었다 아무 일도 하지
않았다 정말, 당신, 기억이
지는 꽃잎 아래, 정확하다면
손을 지는 꽃잎마다 펼쳐들고
뚝, 뚝 녹아나는,

나는 처음과 같이 이제와 항상 여기 영원히
지는 꽃잎

만조滿潮

죽음은 어디다 버려두고 빈 배만 돌아오느냐
이제는 비어서 넉넉한 신발 속에
눈 내리듯 꽃 피고
물결은 종일 굴러가겠지
누가 알랴, 폭죽이 터지듯 사랑이 가고
그 사랑 끝에 저도 몰래 매달아
주렁주렁 끌고 가던 상심傷心도 그만인데
하늘은 어찌 굴러떨어져 흙 속에서도 눈감지 않는지
눈을 후벼, 혀 끌어내어
가루야 골백 번 되었으리만
속상한다,
말 좀 해라
귀 깎아 세워 말 좀 하여라
한갓 투정도 아주 좋으리니
불망不忘, 불망不忘 흐느끼며
모른다고 소리쳐 제자리 풀썩 뛰어
빠르게 맴돌아
사람들은 오고 가고
작별처럼 빈 배는 다시 돌아와
누가 알랴, 그 누가 모르랴

펄럭이는 깃발, 손수건처럼
고이 접어 주머니에 넣고
가슴에 펼칠 날 또 기다려

그림

눈이 온다 마루 문을 열고
기다림 끝에 쪼그리고 앉아서
너의 흰 목덜미를 본다

보이지 않는 길, 보이지 않는
모습으로
기울어진 너의 영혼

나는 아직 손이 떨릴까?
하늘로 빨리 걸어간다

집을 옮기며

자목련을 옮기다가
꽃봉오리 하나가 대궁이째 떨어진다.

한 그루 꽃나무는 몸짓으로 말하고
나는 섬짓 물러서
벙어리가 된다.

꽃봉오리를 주워 들면
몸뚱이는 뜨락에 떨어지고,

목
타는 봄에
벙어리는 풍화되어 무엇이 되나?

꽃잎의 몸을 오래오래
애태워 다스리는
한 평의 땅,
한 평의 마음……
나는 부서져 앙탈부리며.

꽃이 없어도

꽃이 없어도 지는 꽃잎

지난 밤의 꿈 껍질로
흩어진 머리카락을 보아……
바람 불까?

임 곁으로 가면
기울고 있는 것은 목숨뿐
아닐까?

얼어붙는 나의 사랑
쓸쓸한 임은
꽃이 없어도 피는 꽃잎……

아
지상에서 하는 말이 따로 있을까.

낙화落花

꽃이 진다

이제 말하지 말자
흙바닥에 누운 저 붉은 혓바닥

다시 버리는 시詩

시를 쓰면 죽음이 옵니다.
그래도 푸른
나는 스물아홉 살,
어디서 죽음은 옵니까?

하늘보다 높은 키를 하고
흐르는 어깨로 하염없이.

그러나 슬픔으로 오지 마십시오
푸른 물소리로, 그 빛나는 이마를 밟고
앞 못보는 마음을 밝히며 죽음은
가시를 끌어안는 수만 가지 꽃잎, 평화의 기다림으로
오십시오.

입술이 탑니다
물방울이 보입니다
손이 시립니다.

나는 눈뜨는 넋, 죽음으로 기어가
숨을 불어넣고 가슴으로 녹입니다

한 마리 불꽃으로 살아나라고.

잠이 옵니다.
죽어서 화려할 수 있을까요?
그리움 없이 살 수 있을까요?
나는 다시 버리는 시를 씁니다.

봄밤

해가 지면
오늘도 나는 어둠 속에 엎드려
배를 가르고
쓸개를 꺼내어 핥습니다

세월은 가도
칼을 품는
이 파리목숨 같은 봄밤!

불행을 버릴 때

그는 나의 입에 닻을 내린다.
그는 나의 눈에 닻을 내린다.
닻을 내린다 그는 나의 혈액 속에.
내린다 끝없이 나의 귀에 코에.
그는 나의 가슴에 정박한다.

닻은 행복하다.
닻은 아름답다.
닻은 나의 모든 것.
나는 닻을 먹는다.

서정적 자아의 움직임

진형준/ 문학평론가

시인으로 알려져 있는 사람이 어느 날 갑자기 소설을 들고 나오는 경우라든지 혹은 그 역의 경우는 우리에게 그다지 낯설지 않지만, 그 두 작업을 같이 시작해서 꾸준히 이어가는 경우는 별로 흔하지 않다. 문형렬은 그 별로 흔하지 않은 경우에 해당되는 사람이다. 그는 같은 해(1982년)에 지방 일간지와 중앙 일간지의 신춘문예에서 소설과 시를 각각 당선하고, 두 해 후에 다시 중앙 일간지 신춘문예의 문을 소설로 열어놓는다. 그리고 소설집『언제나 갈 수 있는 곳』을 출간한 지 두 해 만에 이번에는 시집을 선보인다.

한 작가가 소설창작과 시창착을 병행한다고 할 때 우리가 가장 쉽게 떠올릴 수 있는 생각은, 그 두 작업의 상호 대립성이다. 풀어 말하면 소설로 할 수 없는 이야기를 시로 쓰고 시로 표현할 수 없는 속내용을 소설로 형상화하는 경우이다. 그 경우 우리는 한 작가의 각기 다른 자아를 맛보기 위해 소설도 읽고 시도 읽는다. 그런데 문형렬의 경우는 좀 특이하다. 그의 소설집 해설에서 성민엽 문학평론가가 "문형렬의 소설은 (……) 그것이 그 특유의 짙은 서정성을 띠고 있다는 점이 지적될 수 있다"라고 썼듯이, 그의 소설을 지배하고 있는 자아는 서사적 자아라기보다는 서정적 자아이다. 조금 과감하게 표현한다면 그의 소설쓰기는 시쓰기와 다른 작업이라기보다는 그 작업의 연장이다. 그런 의미에서 나는 그의 시를 더 잘 이해하기 위해서는 그의 시집을 읽듯이 그의 소설집도 함께 읽어야 한다고 생각한다.

사실 '서정적'이라는 표현은 지극히 애매한 표현이다. 그말은 보통 서사적이라는 수식어의 반대의 의미로 쓰이지만 조금 세밀하게 분류한다면, 이성에 대해 감정을 더 중시하는 입장이거나, 인위적인 것, 혹은 물질적인 것에 비해 자연스러운 것 혹은 영혼을 선호하는 경우, 확실한 것, 가시적인 것에 대해 불확실한 것, 신비한 것을 더 선호하는 경우들의 하나를 가리킬 수도 있고, 그런 여러 경우들이 복합적으로 얽혀 있는 양상으로 나타날 수도 있다. 우리는, 쉽게 서정적이라고 말할 수 있는 문형렬의 시에서, 그의 시들이 풍기는 분위기를 따라 그 양상을 엿보기로 하자.

문형렬의 시는, 그의 시의 분위기는

그러나 이제 그때의 감나무 가지보다 더욱 높은
서른 살에 올라

나는 물었다.

왜, 기다리는지. 왜, 오지 않는지.

그리고 혼자 말했다. 메아리처럼,

다시는 내려올 수 없는 희망의 가지에 서서.

아무도 오지 않는다.

나는 아무도 기다리지 않는다.

—「옛날에는 금잔디」에서

라는 시의 분위기를 축으로 해서 움직이고 있다고 잘라 말할 수 있다. 위에 인용한 시에서, "메아리" "다시는 내려올 수 없는" "아무도 오지 않는다./ 나는 아무도 기다리지 않는다"라는 시구 혹은 시행에 주목한다면 우리는 문형렬의 시에서 금방 허무의 냄새를 맡을 수 있을 것이다. 그러나 "아마도 오지 않는다./ 나는 아무도 기다리지 않는다"라고 혼자 말하고 있는 곳은, 캄캄한 무덤이거나 밀폐된 방이 아니라 드높은 "희망의 가지"이다. 게다가 그 가지는 "다시는 내려올 수 없는" 가지이다. 그 시행에 주목한다면 우리가 강조해야 할 것은 "아무도 기다리지 않는다"는 허무의 몸짓이 아니라. "아무도 기다리지 않는다"라고 말하면서도 희망의 가지에 서 있을 수밖에 없음이다.

얼핏 카뮈의 시시포스신화 혹은 부조리의 미학을 연상시키는 위의 시에는 문형렬의 시적 분위기를 이루고 있는 고통·허무의 노래들, 사랑·꿈의 노래들, 또한 그것들 간의 긴

장들이 압축되어 표현되고 있다. 예컨대 고통·허무를 노래하되 그에 침잠하지 않으며, 사랑·꿈을 노래하되 그것의 찰나성·무기력함으로부터도 눈을 돌리지 않는다. 그만큼 복합적이다. 우선, 그의 시집 어느 곳을 펼쳐도 금방 풍겨오는 불안·비애의 냄새들부터 맡아보자.

나는 한 그루, 비애悲哀의 나무
팔을 허공에 매어달고
　　　　　　　　　　　　—「이 세상은 가장 쓸쓸한 영혼」에서

젖은 나무에 불을 지피는 우리는
한 마리씩의 쓸쓸한 딱정벌레,
　　　　　　　　　　　　—「꿈에 보는 폭설」에서

나는 무엇을 등에 지고 끊임없이
떨고 있는 것일까.
　　　　　　　　　　　　—「편지 1」에서

한갓, 돈으로 구할 길 있는
이 소중하고 더러운 슬픔에게.
　　　　　　　　　　　　—「편지 6」에서

술을 마시면 창자가 당긴다.
(……)

끊어지는 아픔을 따라가면

등불이 꺼진 집이 보인다.

문을 열고,

비로소 살아서 날뛰는 눈물.

어디 있느냐?

돌아갈 몸을 눕히는 집 한 채,

캄캄한 그리움!

술잔

속으로 떠내려간다.

—「술잔 속의 집」에서

사실상 어느 한 곳을 꼬집어내기 어렵게 그의 시집 전체는 불안과 비애의 내음을 짙게 풍긴다. 따라서 위에서 인용한 시구들은 그것들이 눈에 뜨이는 대로 아무렇게나 인용한 만큼 시집 전체의 비애의 분위기를 보여주기에는 무리이다. 단지 우리는 그 비애가 삶에 대한 실존적 비애로부터 젊음의 방황으로 인한 고뇌, 시인이 겪는 육체적 고통으로 인한 고뇌로까지 폭넓은 내용을 이루고 있다고 말할 수는 있다. 그러나 중요한 것은 비애의 내용이나 무게 자체가 아니라, 시인이 그 비애를 어떻게 살고 어떻게 견뎌내느냐이다.

문형렬의 시집에서라면 그 방향은 두 갈래이다. 그 중 하나는 삶의 비애 한가운데 속 깊은 그리움, 희망을 감추고, 혹은 그것을 드높이 내세우고 사는 길이고, 다른 하나는,

그 희망을 간직했다는 은밀한 자부심으로 지탱되었던 자신을 허물고 그야말로 비애 자체를 사는 길이다(이 길은, 표면상으로는 절망의 극대화에 따른 자기 포기와 비슷한 모습을 하고 있다. 그리고 사실상, 문형렬에게서 얼핏 얼핏 그 모습이 아니 보이는 바도 아니다).

시집의 제1부 「꽃 폭풍 쏟아지는 벌판으로 오라」는 삶의 실존적 고뇌·비애에 맞서 꿈·이상·영원을 "애타게 그리는 몸짓"들을 보여줌으로써, 비애를 이기려는 첫 번째의 길을 모색하는 시들로 이루어져 있다.

오래 깨달음은 슬프고
해 지는 곳에서 해 뜨는 곳까지
나는 이마의 등불을 깨뜨리며
그리운 임을 말없이 부릅니다.

　　　　　　　　　　—「이 세상은 가장 쓸쓸한 영혼」에서

꽃을 꽂고
물을 갈아주듯이……
침봉가로 앞뒤 가리는 절망을 꽂고
그 가운데 열아홉 살의 푸른 꿈을 꽂는다.

　　　　　　　　　　　　　　—「수반」에서

그곳에서 차디찬 흙을 껴안고
얼어 죽은 꿈들을 잡아먹으며
봄이 와도, 나는

마음 없이……
떠내려가는 얼음장
그리하여 나는 따스해지리

—「다시 겨울」에서

보이나니, 눈보라 속에
저 퍼붓는 그리움 속에 서럽고 싱싱하게
산등성이마다 살아오르는 넋들의 불꽃이 보이나니,
더욱 기승을 부리는 눈보라의 살갗이여
말없어라, 말없어라
우리의 살갗은 아프지 않구나
우리의 두 눈, 우리의 두 귀, 우리의 어깨뼈,
말없는 스물다섯 살, 푸르디푸른 등뼈 조각조각이
이 밤 저리도 흐느끼는 눈발로 퍼붓나니,
산등성이마다 불을 켜는 넋들아
우리는 하나씩 도깨비불이 되어,
눈물 흘리는 도깨비가 되어,
꿈결에 지는 폭설暴雪의 화살, 목 메이는 불꽃으로 온
산을 헤매다가
이제는 통곡의 산등성이에 이르러
꽃잎같이 타올라 넋이 되는구나.

—「꿈에 보는 폭설」에서

형제여, 꽃 폭풍 쏟아지는 벌판으로 오라
꽃 폭풍 쏟아지는 벌판으로 오라.

―「꽃 폭풍 쏟아지는 벌판으로」에서

두 다리 쭉 뻗고
물방울로 맺혀 큰 기쁨으로, 하롱하롱
속눈썹에 매달리는
저 산이 발등에 고요히 내려설 때
솟아오르는 한 송이 벼락으로.

―「꽃잎 필 때」에서

비애의 한복판에서도, 눈보라 속에 싱싱하게 서서 꽃잎 같이 타오른다면, "흰 나비가 되어 푸른 하늘을 휘날릴"(「봄 꿈」) 수 있다면, 친구를 오라고 부를 수 있는 꽃 폭풍 쏟아지는 벌판에 이룰 수 있다면, 푸른 꿈을 간직하고 있다면, 그리움을 잃지만 않는다면, 그 비애는 견딜 만하다. 아니 오히려 그 비애 덕에 그 꿈이 또렷해진다. 말을 바꾸면 꿈이 있기에 삶의 비애가 두드러지고, 비애를 느끼기에 꿈이 가능하다.

문형렬에게 비애의 내용은 불확실한 데 비해 그리움의 내용은 꽃, 나비, 눈발, 불꽃, 별, 물살 등의 구체적 이미지로 드러난다. 그런데 특이한 것은, "나는 한 그루 비애의 나무/ 팔을 허공에 매어달고"에서의 허공을 향해 팔을 내민 나무의 이미지와 함께 꽃, 나비, 눈발, 불꽃, 별 등의 이미지들은 쉽게 우리에게 수직적 상승의 상상력을 촉발시키지만, "마음없이……/ 떠내려가는 얼음장"이나 "마음 하나 만나/ 한번은 물살처럼 깨끗한 살점 하나 권하고/ 서로 말문을 닫겠지"(「신발」), 혹은 "긴긴 노래 끊임없이 매달려 언젠들/ 태어난 곳으로 다시 갈 수 있으랴"(「서시序詩」) 같은 이미지나 시행은 수직적 상승보다는, 자연적 흐름에 몸을 맡기는 태도에 가깝다는 사실이다. 함부로 말하자면, 전자가 자아의 성취욕구, 성취욕구의 불충족으로 인한 비애를 낳는다면 후자는 차라리 자기를 버린 자리에서의 자연과 우주와의 합일을 낳는다.

　문형렬의 경우는 후자의 이미지가 매우 드물다는 의미에서, 또한 후자의 이미지와 전자의 이미지의 상호 충돌이나 삼투가 거의 없다는 의미에서, 그의 시적 상상력은 전자에 속한다고 보는 것이 타당하겠다. 하지만 그에 대한 판단은 유보하고 단지, 비애를 이기려는 첫 번째 몸짓은, 그로부터 벗어나 "한 점 흔적없이 빛날 수"(「서시序詩」) 있기를 꿈꾸는 것은, 비애 가운데에서 비애를 통해 더욱 자신을 빛나게 할 수도 있지만, 그리하여 자아에 대한 자부심을 줄 수도 있지만, 그 꿈이 말 그대로 꿈이라는 의미에서, 요컨대, 비록 비교적 구체적인 이미지로 드러나 있기는 해도, 비애가 막연한 만큼 꿈도 막연하다는 의미에서 단번에 비애 자체가 무화되거나, 꿈 자체가 기화氣化될 우려가 다분히 있다는 사실만 강조하기로 하자.

　문형렬의 시집이 그 비애의 무화, 혹은 꿈의 기화의 위험에서 벗어날 수 있는 것은, 꿈의 그 거대한 휘장으로 현실을 가리지 않고 꿈의 그 휘황찬란한 광휘를 단번에 무력화

시키는 현실을 인식하고 있기 때문이다(그 현실이, 꼭 사회적·집단적일 필요는 없다).

한 방울의 위로,
한 방울의 눈물,
한 방울의 칼, 그 모든 것으로

하찮은 삶 하나 데울 수 없고
가여운 넋 하나 잠재울 수 없으니

—「한 방울의 모든 것」에서

그때, 비애를 노래했지만 사실상은 꿈의, 그리움의 찬란함을 노래했던 시인에게, 그 찬란함에 감추어져 보이지 않던 그러나 보이지 않기에 그만큼 과장될 수 있었고, 그렇기에 그만큼 똑같이 찬란했던, 소위 비애라는 것의 초라한 꼴이 드러난다.

요즘은 자꾸 아프다.
뜻이야 이루지 못할지언정,
몸이 성해야
뼈도 값이 나갈 텐데

저 헐벗은 가족들에게
어머니, 꿈에도 그리던
교사 월급 30만 원어치쯤

고독한 피로를 안고 오는
폐렴.

그 뒤를 따라, 줄지어
가루 가루 메아리지는 빈 핏줄의 팔다리,
벌레처럼 움츠린 인과因果의 길에서
손톱이 빠지도록 솟구쳐, 나는 지상의 별인가

버릴 길 없어 얼굴을 돌리는데
어느 우주에서 흐느끼는 목소리 들리면
가슴은 또 쓰리도록 뛰고 마는구나.

오늘은 1986년 1월 8일
이번에는 드높게 살고 싶은
새해 들어 가래피가 쉼 없이 나온다.

첫사랑처럼 목메어 기다리던
겨울방학이 왔는데……
잘 있어야 한다고 외쳐보자.

한갓, 돈으로 구할 길 있는
이 소중하고 더러운 슬픔에게.

—「편지 6」전문

교사인 시인은 지금 이중의 고통에 시달린다. 하나는, "어머니, 꿈에도 그리던 교사 월급 30만 원"으로 "헐벗은 가족들"을 부양해야 하는 책임 때문에 벌레처럼 인과의 길에 움츠려, "드높게 살고 싶은" "나"를 죽여야 하는 고통이고 (그것은 마음의 병이다), 다른 하나는 시인이 앓고 있는 폐렴, 즉 육신의 병이다. 우리는 시인에게 마음의 병이 더 고통스러우리라는 것을 알고 있다. 시인은 "종이 울리고/ 분필가루를 확 뒤집어쓴/ 다시 푸른 나의 영혼은/ 지상으로 추락합니다.// 나는 밥입니다. 이마를 숙인, 나는 검은 밥입니다."(「수업」)라고까지 자조한다. 그 영혼의 지상 추락을 강요하는 교사 생활이 주는 형벌에 비하면 육신의 병은 하찮은 것일 수 있다. 어쩌면 육신의 병은 영혼의 완전 추락을 방지해줄 수도 있다.

그러나 "한갓, 돈으로 구할 길 있는/ 이 소중하고 더러운 슬픔에게"라는 마지막 연은, 우리가 이 시를 읽으면서 떠올릴 수 있는 그러한 생각들을 뒤집으면서 시의 울림을 복합적이게 만든다. 우선 정신의 병이니 육신의 병이니 하는 구별이 "한갓, 돈으로 구할 길 있는"이라는 시행에 의해 무화된다. 아니, 차라리 "나는 지상의 별인가"라든지, "어느 우주에서 흐느끼는 목소리 들리면"이라고 읊조리는, 아직 고양되어 있는 영혼의 자존심을 형편없이 끌어내린다. 아아, 나는 날고 싶은데, 이 현실의 질곡을 어쩌랴,라고 탄식하고 있을 때, 그 탄식이 처절함과 달리, 아니 그 탄식이 처절하면 처절할수록 영혼의 상처는 과장되고 영혼의 존재는 부풀어 오른다. 그때 현실의 고통은 오히려 은밀한 즐김의 대상이다. 그 오만한 영혼, 영혼의 슬픔에게, "한갓, 돈으로 구할 길 있는" 슬픔이라고 말해버리는 순간, 영혼은 움츠러들고 영혼에 의해 과장되었던 슬픔은(영혼에 의한 과장이라기보다는 애써 영혼으로 현실을 은폐하려던 자아) 실상을 환히 드러낸다.

그러나 시인은, 그 초라한 슬픔에게 다시 "이 소중하고 더러운"이라는 수식어를 입힌다. "소중하고 더러운"이라는 모순되는 수식어 덕분에, 그 슬픔은 허황되게 부풀지도 않고, 쪼그라든 초라한 실상에 주저앉지도 않는다. 시인은 "나는 나를 개새끼라고/ 하자"(「편지 8」)라고 자신을 포기의 상태로 놓으려고도 하고(얼마나 편할까? 꿈 따위를 놓아버리면, 그러니, 그 상태는 포기라기보다는 유혹에 이끌림이다), 한결 더 편하게 "아, 정말 막냇누이의 꿈처럼/ 나, 그렇게 죽을 수 있다면"(「편지 11」)이라거나 "병의 병도 없는/ 죽음의 죽음도 없는/ 기쁨도 희망도 슬픔도 없는, 없는/ 저 적멸…… 청산으로 가자"(「편지 9」)라고 완전 소멸을 꿈꾸기도 하지만, 다시 기력을 회복하고 "청산靑山이 그리워라/ 핏줄마다 맑은 물 흐르고/ 그 물 따라, 이마 깨뜨려 푸른 길 찾아/ 몸 갈아엎어"(「삽질」)라고 노래하게 된다. 그런데 그때 그리워하는 청산은 현실 저편에 있는 게 아니라 "몸 갈아엎어"라는 시행에서 보듯 몸 속, 현실 속에 있다. 어느 정도 자기 집착을 버린 후에 다시 그리워하는 그 청산은, 집착을 버렸다는 의미에서 찰나적으로 드러날 수밖에 없다.

그 청산이 찰나적이지 않다면 또 다른 집착과 결부되기 때문이다. 그래서 이런, 선禪적 직관 같은 시가 나온다.

새벽, 산을 올랐다.
얼음장을 꺼서 물을 마시고
그래도 흐르는 것들에 손을 적시니

게 섰거라!
이놈! 행복……

—「일기」에서

산문적으로 읽어보자. 새벽에 시인은 산에 오른다. 얼음장을 꺼서 물을 마시는 것으로 보아 겨울산의 새벽이다. 상상만으로도 시원하다. 두 손으로 물을 떠마시고, 그 손을, 그 물의 흐름에 맡긴다. "핏줄마다 맑은 물 흐르고/ 그 물 따라, 이마 깨뜨려 푸른 길"을 찾은 듯한 행복감에 젖는다. 그런데 시인은 아, 행복하도다라고 읊는 대신, "게 섰거라! 이놈! 행복……"이라고 일갈한다. 행복하다라고 읊으면 읊는 순간 행복은 있으면서 없다. 그 행복은 손가락 사이 물처럼 빠져나가지만, 없는 듯이 있다. 그 실체 없음의 있음을 드러냄으로써 행복은 훨씬 구체화된다.

물론 문형렬의 시집에서 그러한 분위기는 아주 드문 경우에 속한다. 자서自序에서 "모아놓고 보니 이것들이/ 내 꿈이고, 내 살갗이었는지./ 이걸 품고 온밤을 질주했는지/

울음이 터지려 한다// 사랑도 비애悲哀도 검게 타버리고/ 이제 나는 어디로 가나/ 악마를 향해 걸어가나"라고 썼듯 이, 그는 그의 꿈과 그의 살갗으로 빚은 그만의 시세계를 갖고자 하는 욕심을 환히 드러내는 쪽에 가깝다('환히'를 강 조한 것은 누구나, 시인이라면, 정도의 차이는 있을지언정, 혹은 재주껏 감추고 있을지언정, 그런 욕심을 갖고 있기 때 문이다).

우리는 문형렬의 시집을 따라 읽으면서, 우리가 맨 앞에 서 제기한 '서정적'이라는 형용사가 그의 시집에서 어떤 양 상으로 드러나는가에 대한 천착은 거의 하지 않은 셈이 되 고 말았다. 단지 이렇게만 말하기로 하자. 문형렬의 시를 읽으면서, 서정적 자아라는 것은 서사적 자아로의 이동이 없이는 언제나 정태적인 자리에 머물러 있는 것이 아니라 그 자체 부단히 변모하는 역동성을 가지고 있음을 확인했 다고, 닫힘과 열림은 서정적이냐 서사적이냐 사이에 있는 것이 아니라, 서정적이든 서사적이든 자아 자체가 닫힌 상 태에 칩거해 있느냐 부단한 역동성으로 변모하느냐의 사이 에 있다. 이 글에서는 생략되었지만, 이 시인이 앞으로 어 떻게 변모할 수 있을까를 점쳐보는 것도 시를 읽는 커다란 즐거움 중의 하나이다.

현대시세계 시인선 **109**

꿈에 보는 폭설

지은이_ 문형렬
펴낸이_ 조현석
기　획_ 백인덕, 고영, 박후기
펴낸곳_ 북인
디자인_ 푸른영토

1판 1쇄_ 2020년 01월 30일
출판등록번호_ 313 - 2004 - 000111
주소_ 121 - 842 서울 마포구 서교동 467 - 4, 301호.
전화_ 02 - 323 - 7767
팩스_ 02 - 323 - 7845

ISBN 979-11-6512-109-9　03810
ⓒ 문형렬, 2020